Alfred Wellm

Das Mädchen mit der Katze

Alfred Wellm

Das Mädchen mit der Katze

Illustrationen von Siegfried Linke

Der Kinderbuchverlag Berlin

Vor einem Haus und unter einer Pappel

„Seht mal, da ist das Mädchen mit der Katze", sagten die Urlauber, wenn sie auf dem Sandweg gingen und die Stelle erreichten, von der man zwischen den Fliederbüschen zu einem weißen Haus hinsehen konnte. Das weiße Haus hatte ein Dach aus Rohr, es stand im Halbschatten einer sehr hohen, alten Pappel, und auf der Bank vor diesem Haus sah man das Mädchen mit der Katze.

Das war nun nichts, worüber man sich wundern mußte. Und die Menschen sagten das auch nur, weil man sehr oft dort dieses Mädchen sitzen sah, das ein rotes Kopftuch trug und das in seinen Armen eine graue Katze hielt.

Sonst wußten die Urlauber nichts über das Mädchen, und auch die Kinder, die auf dem Sandweg vorübergingen, kannten das Mädchen nur vom Sehen. Aber alle freuten sich wohl doch, wenn sie das Mädchen mit der Katze sitzen sahen. Und sie erinnerten sich nun daran, daß sie auch schon vor einem Jahr genauso dort das Mädchen vor dem weißen Hause hatten sitzen sehen.

Der breite Weg führte hinunter an den See.

Eines Tages, es gingen viele Menschen auf dem Sandweg, blieben zwei Kinder bei den Fliederbüschen stehen und riefen nach dem Mädchen. Es wäre heut so warm, riefen sie, und ob das Mädchen nicht mit ihnen baden gehen wolle.

Aber das Mädchen, das auf dem Schoß die graue Katze hielt, blickte gar nicht auf.

Die Kinder riefen es noch einmal. Und es kamen weitere drei Kinder, und sie stellten sich hinzu, und sie riefen es nun alle. Und sie riefen immer lauter.
Doch das Mädchen saß nur dort und streichelte die graue Katze.
Da merkten die Kinder, daß das Mädchen mit der Katze sie nicht hörte. Sie ist taub, sagten sich die Kinder. Aber

sie trauten sich nicht, in den fremden Hof zu gehen. Sie standen eine Weile, und sie hatten wohl ein wenig Mitleid mit dem Mädchen, weil es sie nicht hören konnte. Danach gingen die Kinder weiter, denn es war ein unerträglich warmer Tag, und die Kinder wollten endlich baden.

Das Mädchen mit der Katze konnte tatsächlich nichts hören. Doch es war darüber gar nicht traurig, denn es hatte noch niemals hören können, und es kannte das Leben gar nicht anders.
Gewiß, es dachte manchmal auch darüber nach, und es wollte dann herausbekommen, wie es wohl wäre, dieses Hören. Und manchmal hatte es einen Grashalm abgepflückt, und das Mädchen hatte, wenn es niemand sah, sich das rechte Ohr gekitzelt. Und danach das linke. Vielleicht, so sagte sich das Mädchen, ist es nichts weiter als nur ein Kitzeln in den Ohren. Nein, es war gewiß nicht traurig. Und das Hören, glaubte gar das Mädchen, wäre wohl auch überflüssig, da es doch gut sehen konnte.
Aber wenn die großen Ferien waren, saß das Mädchen gerne vor dem Hause seiner Eltern, und es hielt die graue Katze auf dem Schoß; und das Mädchen fühlte dann mit seinen Händen, wie die Katze schnurrte.

Unten am See

Aber manchmal ging auch das Mädchen zum See hinunter, und es sah den Menschen zu, die am Ufer lagen und sich bräunten. Anfangs waren die Urlauber immer freundlich zu dem Mädchen, und dem Mädchen wiederum machte es Spaß, die Menschen zu beobachten.
Und auch die Kinder waren anfangs sehr freundlich zu dem Mädchen. „Seht mal, da ist das Mädchen mit der Katze!" rief ein Junge, der eine Taucherbrille trug. Und am Anfang hatte das Mädchen mehrere Male versucht, mit den Kindern Wasserball zu spielen. Aber es konnte ja die Zurufe der Kinder gar nicht hören, und so verfehlte es sehr oft den Ball. So ging es lieber wieder an das Ufer, wo die graue Katze auf das Mädchen wartete. Und es sah den Menschen zu, die auf den Luftmatratzen lagen und sich sonnten.
Ein Mann fotografierte seine Frau. Mit Sonnenhut. Und ohne Sonnenhut. Es war eine sehr schöne Frau, und sie hatte einen Mund wie eine Prinzessin, und das Mädchen sah ihr gerne zu. Oder die Frau stellte sich ein wenig in das Wasser und tat, als blicke sie zum anderen Ufer. Oder als blicke sie hinauf zu einem Vogel. Doch es flog dort, wo sie hinsah, gar kein Vogel. Und dann wieder stellte sich der Mann ein wenig in das Wasser, damit die Prinzessin ihn selbst auch knipsen konnte. Er bückte sich, als suche er jetzt eine Muschel. Aber es gab dort, wo er suchte, keine Muschel.

Manche Menschen waren etwas dick, und manche waren etwas magerer.
Und ein anderer Mann stand plötzlich auf und machte Sport. Streckte die Hände vor und beugte sich, so daß er seine Zehspitzen erreichen konnte. Er hatte schon sehr viele Muskeln, aber es waren ihm noch nicht genug, und er ruckte wieder mit den Armen. Er fettete sich ein, dann legte er sich wieder in die Sonne. Das Mädchen beobachtete dies alles, und es kannte schon fast alle Badegäste.
Seitlich aber, bei den Erlen, saß ein Mann auf einem Campingstuhl und las in der Zeitung. Auch in den Jackentaschen steckten ihm mehrere Zeitungen. Er hieß Herr Schmidt, und er war vielleicht ein bißchen sonderbar, da er nie badete, nie eine Badehose trug, nur immer saß und in der Zeitung las.

Auch ihn kannte das Mädchen schon ein wenig, und eigentlich mochte es ihn ganz gut leiden. ,,Du kannst ruhig alles mit mir sprechen, Onkel Rote Jacke, aber du mußt mich ansehen, wenn du mit mir sprichst, und du darfst nicht so durch die Zähne sprechen."

,,Warum nennst du mich nur immer ,Rote Jacke'?" sagte der Mann. ,,Dabei ist die Jacke gar nicht rot, sondern sie ist grün." Der Mann achtete sehr darauf, daß er den Mund genügend öffnete, während er sprach.

,,Nein, sie ist rot", sagte das Mädchen.

,,Soso. Dann bist du eben farbenblind."

,,Was sagst du? Du mußt mich ansehen, Rote Jacke, ich kann dich nur verstehen, wenn du mich ansiehst, indem du sprichst."

,,Ich habe gesagt", sagte der Mann, und er sah sie an, und

er sprach wieder sehr deutlich, „ich habe nur gesagt, daß sie grün ist, nichts weiter. Vielleicht ist sie auch ein bißchen blau oder grau, aber sie ist niemals rot."
„Ja, sie ist grün und blau", lenkte das Mädchen ein. „Aber wenn du den Arm so gegen die Sonne hältst, dann sind manche Haare etwas rot."
„Nun, meinethalben, dann ist es eine rote Jacke", sagte der Mann. Dann hielt er den Arm gegen die Sonne und prüfte, ob tatsächlich ein paar rote Wollhaare in der Jacke wären.
„Habe ich recht, Rote Jacke?"
„Ja, sie ist ein bißchen rot", sagte der Mann.
Dann las er wieder in der Zeitung.
„Ich muß nun gehen, Rote Jacke, ich muß noch zu den Leoparden", sagte das Mädchen.
„So, zu den Leoparden", sprach der Mann, während er las und blätterte.
„Es sind vier Leoparden", sagte das Mädchen.
„Soso, vier Leoparden."
Der Mann las eine halbe Zeitungsseite, er las und las. Er hatte die Angewohnheit, während er las, den Kopf zu schütteln. Oder er nickte mehrmals nacheinander. „Was sagst du, vier Leoparden?" Dann sah er plötzlich auf. Aber das Mädchen, sah er, war inzwischen fortgegangen.
Er schüttelte den Kopf. Es ist ein sonderbares Mädchen, dachte er. Danach nahm er wieder eine Zeitung und faltete sie auf und las.

Auf einem Elefantenrücken

Auch wenn das Mädchen in den Wald ging, so folgte ihm die graue Katze.
Sie ging immer zwei Schritte hinter ihm, hielt den Schwanz steil in die Luft gereckt, und das Mädchen sagte sich dann, daß diese graue Katze in Wirklichkeit ein großer Hund sei, der allen Menschen Angst einflöße, und es nannte nun die Katze Karabaß.
Das war bestimmt ein sehr schlimmer Hundename. Und wenn das Mädchen stehenblieb, so sagte es: „Du kommst sofort her, Karabaß!" Obwohl die Katze ja schon kam und sich dem Mädchen auf die Füße setzte.
Der Wald erschien dem Mädchen immer ernsthaft. Aber er war nicht streng oder beängstigend, er roch nach Moos, nach warmen Kiefernnadeln. Einige Bäume gab es, die das Mädchen besonders mochte. Ihnen hatte es einen Namen gegeben, und oftmals ging das Mädchen nur, um diese Bäume zu besuchen. Die Birke Lieselotte. Und eine schwarze Tanne, die es Christof nannte. Und ganz besonders mochte das Mädchen eine sehr alte, dicke Kiefer, die auf der anderen Seite des Waldes wuchs, und es nannte diese Kiefer Tante Borchert. Sie stand ein wenig abseits von den anderen Kiefern, und sie trug einen zu großen altmodischen Hut, der ihr bis auf die Erde reichte. Sie blickte gutmütig und ein wenig müde, und sie hatte vierzehn Arme, auf die man klettern konnte. „Guten Tag, Tante Borchert, nun, wie ist es dir ergangen

über Winter?" sagte das Mädchen. Und Karabaß durfte nun wieder eine Katze sein, und sie kletterten und spielten eine Stunde in der alten Kiefer.
Danach aber ging das Mädchen zu den grauen Steinen. Es war ein Tag mit hohen weißen Wolken. Die Steine lagen wohl seit ewig her dort, immer an derselben Stelle. Aber das Mädchen sagte sich, daß sie vielleicht vor langer Zeit nicht Steine, sondern Tiere waren. Und der größere der Steine sei vielleicht ein Elefant gewesen. Und das Mädchen hatte ihm den Namen Samuel gegeben. Nun sei er eingeschlafen – wohl vor hundert Jahren.
Man konnte sich auf seinen Elefantenrücken legen, und man spürte dann den Wind ein bißchen. Und man konnte

sich allerlei einbilden, wenn man so lag und zu den Wolken blickte. Links und zur rechten Seite waren noch vier Steine; aber sie waren doch bedeutend kleiner als der Elefantenstein, und vielleicht waren sie vier verzauberte Leoparden.

„Steh auf, Samuel", sagte das Mädchen und streichelte den grauen Stein, „denn wir gehen heut ins Siebenland. Aber du mußt dich vor der grünen Spinne hüten, daß du nicht in den Zauberfaden trittst."

Und der Elefant, so träumte nun das Mädchen, richtete sich auf und reckte seinen langen Rüssel. Und auch die Leoparden standen auf, gähnten und reckten sich. Und folgten ihnen in das Siebenland.

Das Land hinter den sieben Bergen

Immer wenn das Mädchen auf dem Stein lag, träumte es, wie sie das Siebenland besuchten. Es träumte, wie der Elefantenrücken schwankte. Und auf dem Kopf des Elefanten schlief die graue Katze.
Dann kamen sie durch eine Wiese.
Und später kamen sie durch einen Wald.
Als sie das Siebenland erreichten, spielten dort viele Kinder auf der Straße. Sie bauten eine Burg aus nassem Sand. Oder sie spielten Murmeln mitten auf der Straße. Die Frauen hängten die Wäsche auf, doch danach setzten sie sich nieder und spielten mit den Kindern.
Es ist im Siebenlande alles anders. Nichts ist dabei, wenn man auf einem Elefanten reitet. Man reitet in die Kaufhalle und kauft sich einen Zeichenblock. Und Samuel trägt einer Frau das Einkaufsnetz bis an die Kasse.
Man reitet und ist hilfsbereit. „Brrr, Samuel!" befiehlt das Mädchen, da ein paar Kinder auf dem Elefantenrüssel schaukeln wollen. Oder sie streicheln die vier Leoparden.
Der Bürgermeister Siebentreu, er ist dabei, die Hauptstraße zu kehren. „Ja, wir sind wieder da", so ruft das Mädchen. „Sag uns, wo können wir uns nützlich machen!"
Er blinzelt durch die dünne Brille. Er trägt den Bürgermeisterstempel um den Hals gebunden. Ach ja, er habe eine Bitte, doch keiner, keiner könne sie erfüllen.

„Doch, doch, wir können sie erfüllen", sagte das Mädchen, „denn wir können jeden Wunsch erfüllen."
Und Samuel, er nickte nun bedächtig. Und die Leoparden umringten sogleich den Bürgermeister Siebentreu. (Aber das mochte der Mann nicht so sehr, denn er hatte Angst vor Leoparden.)
Er stellte seinen Besen ab, erzählte, was geschehen sei. Ein Zitronenfalter habe sich in ihrer Uhr verfangen, er sei dort von den schwarzen Zeigern eingeklemmt, nun flattere er seit sieben Tagen um sein Leben.
„Ein Zitronenfalter?"
„Ja, ein Zitronenfalter."

Und sie hätten alles schon erwogen, sagte der Bürgermeister, wie sie den Falter wohl befreien könnten; doch hätten sie nicht eine solche lange Leiter, die bis zur Uhr des Turmes reichen würde.
Sie machten sich gleich auf den Weg.
Es war ein ungewöhnlich hoher Turm, der mitten in dem Siebenlande stand. Und oben konnten sie den Schmetterling erkennen, zwischen dem Minuten- und dem Stundenzeiger, und keiner, keiner konnte ihn befreien.
Anfangs dachte man, daß Samuel die Uhr dort oben nicht erreichen werde.
Er stand auf seinen Hinterbeinen und reckte seine Elefantennase. Aber dann reckte er den Rüssel immer weiter, reckte ihn immer länger. Bis er bis zu den Uhrzeigern gelangte. Die Menschen hielten den Atem an, und man konnte jetzt verfolgen, wie die Elefantennase ganz vorsichtig die Zeiger etwas auseinanderschob.
Dann flatterte der Schmetterling. Er fiel ein Stückchen, war noch wie benommen. Dann flatterte er immer tiefer und setzte sich auf einen Pflasterstein.

Und einmal retteten sie einen Schneider.
Es war dies Meister Siebenöhr, es war, als seine Schneiderstube brannte. Und Samuel hob mit dem Rüssel den dünnen Schneider aus dem Fenster. Dann löschte er das Feuer aus, indem er Wasser in die Schneiderstube spritzte.

Und einmal halfen sie dem Polizeiwachtmeister.

Es war dies Meister Siebenstern, der seine Tauben nicht gefüttert hatte. Er regelte den Stadtverkehr. Er war so unglücklich, er stand auf seiner Kreuzung. Er winkte mit dem rechten Arm, obwohl er mit dem linken winken mußte. „Geh nur und füttere die Tauben!“ rief das Mädchen.
Inzwischen regelten sie den Verkehr. Samuel, indem er mit dem Elefantenrüssel winkte. Das Mädchen mit der Trillerpfeife. Die Leoparden drohten mit den Pfoten.
So daß kein Unglücksfall geschah.

So zogen sie umher und waren hilfsbereit.
Die Menschen aber hatten sehr viel Zeit im Siebenland, so daß sie freundlich zueinander waren und viel an einem Tag beginnen konnten.
Doch der Abend dämmerte, und das Mädchen und die Tiere zogen nun nach Hause. Als sie das Siebenland verließen, konnte das Mädchen eine grüne Spinne unter dem Holunder sitzen sehen. Sie blickte neidisch hinter ihnen her. Aber die Tiere sahen diese grüne Spinne nicht.

Die Gespräche über die Welt

Am anderen Tag saß das Mädchen wieder vor dem weißen Haus und streichelte die graue Katze. Und es sah den Schatten der Pappelblätter zu, die auf der Erde spielten.
Wenn das Mädchen sich ein Kopftuch band, meist war es ein rotes, weißgetupftes Tuch, achtete es jedesmal darauf, daß ein Ohr zu sehen war. So schien es doch, als ob es horche.

Und wieder ging das Mädchen zum See hinunter. Denn es war neugierig, und es dachte, daß sich am See vielleicht etwas ereignet habe.
Aber es hatte sich nichts ereignet.
Auf dem Sprungbrett stand der Junge mit der Taucherbrille und machte ein paar Faxen, ehe er sich ins Wasser fallen ließ. Das Mädchen stellte sich zu den Kindern und wollte sich ein wenig unterhalten. „Habt ihr gesehen, wie der Mond den Mund bewegte?“
„Der Mond?“
„Ja, der Mond. Und es war gestern abend“, sagte das Mädchen.
„Er hat den Mund bewegt?“
„Ja, er hat ihn bewegt.“
„Warum sollte er ihn bewegen?“
„Er sagte: ‚Oh, ihr lieben Leute! – Oh, ihr lieben Leute!‘“
Es hatten sich mehrere Kinder hinzugestellt, sie horch-

ten, was das Mädchen erzählte. ,,Die spinnt", sagte der Junge mit der Taucherbrille, ,,der Mond hat gar keinen Mund."
,,Doch hat er einen Mund", beharrte das Mädchen, ,,und er hat ihn auch bewegt."

Aber die Kinder fingen nun zu lachen an, und dann gingen sie ins Wasser und spielten Wasserball.
Und der Fotografierer fotografierte wieder die Prinzessin, die im flachen Wasser stand und zu einer Wolke blickte. ,,Suchst du einen Hühnerhabicht?"
,,Was sagst du?"
,,Ob du einen Hühnerhabicht suchst?"
,,Warum sollte ich wohl einen Hühnerhabicht suchen?"

sagte die Prinzessin. Sie schüttelte den Kopf. Danach strich sie das Haar zurück und blickte wieder nach den Wolken. Und der Fotografierer fotografierte sie, während sie nach der Wolke blickte.
Und der Sportler stand auf und wippte auf den Zehen und

beugte sich. Er braucht sehr viele Muskeln, sagte sich das Mädchen. Es stellte sich vor ihn und sah ihm zu.
„Mußt du zu Hause Steine tragen?"
„Was sagst du?"
„Ob du zu Hause Steine tragen mußt?"
Der Mann unterbrach seine Bewegungen für einen Augenblick. „Mach mal, daß du ein Stückchen weiterkommst!"

Aber das Mädchen hatte seine Worte nicht verstehen können, so stand es noch ein Weilchen und dachte nach. Oder er muß sehr schwere Balken tragen. Oder er muß Getreidesäcke tragen. Er wird schon etwas tragen müssen, dachte es.
Doch die anderen Menschen lagen in der Sonne und taten überhaupt nichts. Und sie mochten es nicht sehr, wenn man sie etwas fragte. Ja, es fiel dem Mädchen auf, daß die Menschen wenig miteinander sprachen.

Und bei den Erlen saß Herr Schmidt und las in einer Zeitung. „Wie kommt es nur, daß man dich immer mit der Katze sieht?"
„Dir will ich es sagen, Rote Jacke", antwortete das Mädchen, „in Wirklichkeit ist sie gar keine Katze, sie ist nämlich ein großer Hund, und er heißt Karabaß."
„Soso, sie ist also ein Hund."
„Aber du brauchst keine Angst zu haben, Rote Jacke, er beißt nur zu, wenn ich es ausdrücklich befehle."
Sie plapperten so eine Zeit. Dann wieder faltete der Mann die Zeitung auf und las.
„Wie kommt es eigentlich, Rote Jacke, daß du nur sitzt und immer in der Zeitung liest?"
„So, stört es dich?" sagte der Mann, und er war ein wenig unwillig, da ihn das Mädchen danach fragte. „Man möchte schließlich wissen, was alles in der Welt passiert."
Das Mädchen war nun eine Weile still und dachte nach.

Manche Wörter gab es, die die Menschen sehr oft sprachen; aber das Mädchen wußte doch nicht recht, was sie bedeuteten.

,,Entschuldige, Rote Jacke, wenn ich dich schon wieder störe. Welch eine Farbe hat die Welt? Ist sie mehr blau und weiß? Oder ist sie vielleicht gelb und grün?"

,,So eine dumme Frage", sagte der Mann, ,,die Welt ist blau und grün und rot, verstehst du, sie hat alle Farben."

Das Mädchen nickte. Und es versuchte, sich die Welt nun vorzustellen. Sie ist also ganz bunt, überlegte es. Vielleicht ist sie so wie der Herbst. Oder sie ist so wie die

Sonne, wenn man sie durch eine Glasscherbe betrachtet. Oder sie ist vielleicht ein Regenbogen. „Ich muß dich noch einmal stören, Rote Jacke, diese Welt, wie ist sie, ist sie groß und rund?"
„Natürlich ist sie groß und rund", sagte der Mann und las.
Das Mädchen war eine Weile mit der Antwort zufrieden, denn es glaubte nun zu wissen, wie die Welt aussähe. Mehr wie ein Regenbogen. Aber vielleicht auch etwas wie die Sonne. Auf keinen Fall aber wäre sie viereckig, sagte sich das Mädchen. Oder wie eine Stubenwand. Oder so platt wie ein Zementfußboden. „Wenn du ausgelesen hast, würde ich noch eine Frage an dich stellen; aber erst, wenn du ausgelesen hast."
„Nun frag schon, frag!"
Und das Mädchen fragte: „Wie viele Beine hat die Welt? Hat sie nur zwei Beine, oder geht sie auf allen vieren?"
Hieraufhin faltete der Mann die Zeitungen zusammen und legte sie ins Gras. Er wußte nicht, wie er beginnen sollte, und er holte mehrere Male tief Luft, so als wolle er jetzt anfangen, über die Welt zu reden. Doch hielt er jedesmal den Satz zurück. Dann zeigte er auf einen Käfer, der einen dünnen Halm erklettert hatte, und sagte: „Auch das hier ist die Welt."
„Aber dann ist sie ja doch nur ganz klein."
„Nein", sagte der Mann, und er machte einen Bogen mit dem ausgestreckten Arm. „Die Welt ist überall, und auch das Wasser ist die Welt."

,,Du meinst die Fische, Rote Jacke."
,,Nein, ich meine das Wasser. Aber auch die Fische, ich sage doch, die Welt ist überall."

Das Mädchen schwieg und überlegte. Und auch Herr Schmidt war still und dachte nach. Sie schwiegen eine ganze Zeit.
,,Sag mir, Rote Jacke, ein kleiner Sperling, ist er auch ein Stückchen Welt?"
Und der Mann bestätigte es sofort. ,,Ja, auch ein Sperling."
,,Und, sagen wir, eine ganz kleine Stubenfliege?"
,,Auch eine Stubenfliege."
,,Und eine Katze, ist sie auch ein Stückchen Welt?"
,,Ja, auch eine Katze", antwortete der Mann.

Das Mädchen zählte nun mehrere Tiere und Gegenstände auf, und der Mann nickte ein jedes Mal und bestätigte es. Auch ein Sandkorn. Auch eine Regenwolke. Auch die Erlen, die am Ufer wuchsen. Alles, was das Mädchen nannte, war die Welt.

Dann stellte das Mädchen keine Fragen mehr.

Es war ein wenig stolz, da es die Welt schon so gut kannte. Denn es war schon zweimal um den großen See gegangen. Und auf vielen Feldwegen war es schon gegangen. Und in der Guber, die durch die Wiese floß, war es oft gewatet und hatte nach den Schlammpeitzkern gesehen. Doch am besten kannte das Mädchen wohl den Wald. Dort war ihm jeder Steig vertraut. Und es kannte die Baumstümpfe, auf die man sich setzen konnte. Und ein paar Bäume gab es, auf denen kannte das Mädchen jeden Ast.

Der Mann wollte einwenden, daß die Welt ja noch viel

größer sei. Daß es sehr hohe Berge gäbe. Und sehr breite Flüsse. Und sehr große Städte. Und sehr tiefe Meere. Aber dann sagte er zu sich: Das stimmt, um diesen See bist du noch nie gegangen. Und es beschämte ihn ein wenig. Du bist auch niemals durch das dichte Schilf gewatet. Du hast dir auch noch nie die Schuhe ausgezogen, um mal auf einen Baum zu klettern. Nein, das alles hatte er noch nie getan. Und es beschämte ihn, daß er nur immer auf dem Campingstuhl gesessen, nur immer in den Zeitungen gelesen hatte.
An diesem Tag erzählte das Mädchen auch die Geschichten aus dem Siebenland, die es auf dem Elefantenstein ersonnen hatte. Von den Sandburgen, die sich die Kinder bauten. Von Wäscheleinen. Und von einem dünnen Schneider. Vom Bürgermeister Siebentreu. Und Herr Schmidt war still und hörte zu.

Und er bekam nun plötzlich eine große Lust, einmal in seinem Leben auf dem Elefantenstein zu sitzen. Und in den Steinrunzeln zu kratzen und sich die Leoparden anzusehen. Er hörte dem Mädchen zu, das die Katze streichelte und erzählte, und er dachte, daß er das alles ja noch gar nicht kannte.

Es kam der Abend, und der Himmel färbte sich.

Und eine Wolke sah so aus, als wäre sie ein ferner Dampfer.

Die Menschen legten ihre Decken sorgfältig zusammen. Dann ließen sie die Luft aus den Matratzen. Und zogen sich die Hemden und die Kleider wieder an. Und eigentlich blickten nur der Mann und das Mädchen mit der Katze zu der Wolke, die ungeheuer bunt geworden war.

„Ja, sie sieht so wie ein Dampfer aus", bestätigte Herr Schmidt.

Dann klappten sie den Campingstuhl zusammen und hoben die Zeitungen auf, und der Mann steckte die Zeitungen in die Jackentaschen.

„Komm jetzt, Karabaß!"

Der Sand war ungewöhnlich weich und warm. Und hinter ihnen ging die graue Katze.

Gegen sieben Riesen

Und einmal saß das Mädchen auf dem Stein und träumte, wie es eine Heldentat vollbrächte.
„Steh auf, Samuel, denn wir gehen heut ins Siebenland. Aber du mußt dich vor der grünen Spinne hüten, daß du nicht in den Zauberfaden trittst." Denn hinter dem Siebenland, hinter den sieben Bergen, lebten einmal sieben Riesen in den Wäldern, und es geschah manchmal, daß plötzlich diese Riesen in die Straßen kamen, die Sandburgen zertraten und die Wäscheleinen kurzerhand zerrissen. Oder sie stießen mit den Ellenbogen gegen die Wände, so daß die Häuser erschütterten oder zusammenbrachen. Die Riesen taten dies nur aus Übermut. Aber für die Menschen war es jedesmal ein großes Unglück, wenn die Riesen ins Land gekommen waren.
Oder die Riesen bliesen ihre Backen auf, standen auf der Straße und pusteten. Nur ihnen selbst zum Spaß; denn es lag ja gar kein Sinn darin, so dazustehen und die Menschen und die Häuser umzublasen. Die Menschen suchten Zuflucht in den Kellern, in den Straßengräben. Doch ebenso plötzlich, wie sie gekommen, gingen die Riesen wieder in den Wald zurück. Und die Menschen fingen wieder an, die Häuser aufzubauen. Und sie machten das Siebenland wieder so, wie es zuvor gewesen war. Die Kinder bauten wieder Burgen auf den Straßen. Und man wollte jetzt nicht länger daran denken, daß es jene Riesen in den Wäldern gab.

Einmal, so träumte nun das Mädchen, als es wieder ins Siebenland geritten kam, standen diese sieben Riesen in den Straßen und pusteten. Gingen umher und zertraten alles. Und es war ein solcher Sturm, daß die Bäume ausgerissen wurden. Der Schneider Siebenöhr ward durch die Luft gewirbelt, und es war gewiß ein reiner Zufall, daß Samuel ihn mit dem Rüssel fangen konnte. ,,Nein, rettet euch", rief nun der Schneider, ,,die sieben Riesen sind ins Land gekommen!"
Tatsächlich war der Sturm kaum noch erträglich.

Die Leoparden rutschten auf den Bäuchen, und auch das Mädchen konnte sich kaum auf dem Elefantenrücken halten. „So rettet euch, ihr seid verloren!“ rief der Schneider.
Jedoch, sosehr der Schneider sie beschwor, sie wollten jetzt dem Siebenlande helfen.
Und der dünne Schneider kriegte wieder Mut und ließ sich auf den Elefantenrücken heben. (Das war nur gut, denn der Schneider hatte eine Stopfnadel bei sich.)
So kamen sie denn tiefer ins Siebenland, und sie sahen viele Häuser, die entzweigebrochen waren. Dann sahen sie den ersten Riesen vor einem Bäckerladen stehen. Er hatte das Dach des Bäckerhauses abgehoben, und er stocherte mit dem Finger im Kuchenteig.
Zuerst biß ihn ein Leopard ins Bein.
Doch spürte das der Riese gar nicht sehr, er schlug nur mit der Hand nach ihm, er leckte süßen Kuchenteig.

Aber die Leoparden wichen nicht zurück, sprangen ihn immer wieder an und rissen ihm ein Loch in seine Hose. Danach aber, der Riese hatte wohl damit gar nicht gerechnet, schlang Samuel den Rüssel um die dicken Stiefel. So daß der Riese plötzlich auf die Erde fiel.
Und Schneider Siebenöhr sprang auf den Bauch des Riesen und stach ihn mit der Stopfnadel. Da winselte der Riese um sein Leben.
,,Versprich, daß du nie wieder mit den Backen bläst!"
Ja, das versprach der Riese.
,,Und in dem Kuchenteig rumstocherst!"
,,Ich werde es nie wieder tun."
,,Und daß du niemals mehr das Siebenland betrittst!"
Gleich, was das Mädchen von ihm forderte, der Riese schwor, dies alles nun zu tun. Danach stach ihn der Schneider in die riesenhafte Nase. Und danach ließen sie den Riesen laufen.

So machten sie es mit sechs Riesen.

Jedoch war nun der letzte Riese ein ausgesprochen großer Riese. Er stand vor der Bonbonfabrik und aß Schokoladenplätzchen. Er merkte nicht, daß ihn vier Leoparden bissen. Und da er riesenhafte Stiefel hatte, so konnte sie der Elefantenrüssel nicht umschlingen.
Im Siebenlande aber hatte sich der Sieg herumgesprochen. „Habt ihr gehört, sechs Riesen sind schon aus dem Land getrieben!“ Und daraufhin kamen sie mit Stangen, Leitern und mit Wäscheleinen, es kamen wohl an tausend Menschen aus dem Siebenland.
Sie stellten ihre Leitern an die großen Stiefel. (Der Riese merkte es noch immer nicht.) Und allen voran, so sah man, kletterte der Schneider Siebenöhr mit seiner Nadel, die er wie eine Lanze hielt.
Er kletterte bis an den Rand des Stiefels und schwang das eine Bein hinüber, so daß er sehr bequem dort oben sitzen konnte. Dann aber spießte er dem Riesen seine Stopfnadel ins Bein.
Ach, wie der Riese sich erschreckte!
Er tat, was er sogleich bereuen sollte.
Er beugte sich, um sich die Stelle anzusehen. Das Mädchen jedoch gab dem Elefanten jetzt ein Zeichen. Und als der Riese sich die Nadel aus dem Fleische ziehen wollte, umfaßte flink der Elefantenrüssel den langen, dünnen Hals des großen Riesen.
So daß auch dieser Riese auf die Erde fiel.
Die Menschen indes banden hundert Stricke. Um die Arme. Um die schwarzen Stiefel.

„Versprich, daß du nie mehr Schokoladenplätzchen ißt!“
„Und nie mehr Sandburgen zertrampelst!“
„Nie wieder Wäscheleinen auseinanderreißt!“
„Und daß du niemals mehr das Siebenland betreten wirst!“
Das versprach der Riese. Aber man mißtraute ihm.
Und Bürgermeister Siebentreu schrieb alles auf ein Zeichenblatt. Das mußte nun der Riese unterschreiben. Und der Bürgermeister nahm den Stempel, den er um den Hals gebunden trug, und drückte ihn neben die Unterschrift.
„Im Siebenland, am Abend in den Sommerferien“, schrieb er.
Dann unterschrieb er ebenfalls.
Was nun kam, war ein Kinderspiel. Meister Siebenstern trillerte mit seiner Trillerpfeife, auf daß die Menschen aus dem Wege gingen. Und der Schneider kletterte noch einmal auf den Kopf des großen Riesen, da er ihn in die riesenhafte Nase stechen wollte. Dann knüpften sie die Leinen von den Stiefeln. Dann ließen sie den Riesen laufen.

Es war alsdann ein großes Fest im Siebenlande. Der Bürgermeister hielt die Festtagsrede. Und er wollte jetzt dem Mädchen und den Tieren den goldenen Orden überreichen. Doch den wollten sie nicht nehmen, denn sie hatten es ja so getan.
Die Riesen aber kamen nun nie wieder.

Und als es dämmerte und sie das Siebenland verließen, konnte das Mädchen abermals die grüne Spinne unter dem Holunder sitzen sehen, die neidisch war und einen Zauberfaden spann. Jedoch die Tiere sahen diese grüne Spinne nicht.

Es sind vier Leoparden

Dann ging das Mädchen wieder zum See hinunter.
Es war der letzte Tag der Badegäste, und anfangs dachte das Mädchen, es habe sich noch immer nichts ereignet. Die Menschen lagen am Ufer und bräunten sich. Und eine sehr dicke Frau badete ein bißchen. Und der Junge mit der Taucherbrille...
,,Guten Morgen, Rote Jacke; aber du hast ja deinen Campingstuhl vergessen."
,,Ach ja", sagte der Mann, und er tat, als habe er ihn tatsächlich vergessen.
,,Und deine Zeitungen, willst du heut gar nicht Zeitung lesen?"
Und Herr Schmidt griff nach den Jackentaschen. Wahrhaftig ja, er habe sie wohl liegenlassen.
Sie standen im Schatten der Erlen und blickten auf das Wasser und die Menschen, die sich bräunten.
,,Jaja, was fangen wir nun an?"
,,Ja, was fangen wir nun an?" sagte das Mädchen.
Sie hoben die Schultern, so als wüßten sie wirklich nicht, was sie beginnen sollten.
,,Hast du die Schuhe auch vergessen, Rote Jacke?"
,,Die Schuhe? Ja. Das heißt, sie drücken mich ein bißchen, und da hab ich sie vergessen", antwortete Herr Schmidt. Er hatte die Hosenbeine bis zu den Waden aufgekrempelt, und es sah ein wenig komisch aus, wie er so stand mit seinen weißen Füßen.

Dann aber tat Herr Schmidt etwas, womit niemand gerechnet hatte. Er ging, er trat sehr vorsichtig mit seinen Füßen auf, und stellte sich vor eine Luftmatratze. ,,Es sind vier Leoparden."
Danach trat er vor die nächste Luftmatratze und sagte wieder, daß es vier Leoparden seien. Er verzog kein Gesicht dazu, und er ging immer weiter, von Matratze zu Matratze. ,,Es sind vier Leoparden. – – Es sind vier Leoparden..."
Er sagte das vielleicht etwas zu leise, so daß man es ja kaum verstehen konnte. Und es sah am Anfang aus, als würde niemand seinen Satz beachten. Man lag, man rekelte sich noch ein Weilchen. Und Herr Schmidt hatte schon viele Male seinen Leoparden-Satz gesagt. Dann sah man, wie sich zwei der Badegäste auf die Ellenbogen stützten. Dann nahmen sie die Sonnenbrillen ab. Dann sah man, wie sie miteinander sprachen. Schließlich rief jene dicke Frau: ,,Hallo, was ist mit diesen Leoparden?"
Und man konnte sehen, wie immer mehr Menschen sich auf die Ellenbogen stützten. Und manche standen auf, und man sah, wie die Erregung wuchs. ,,Hallo, Herr Schmidt..."
Aber Herr Schmidt, als würde er die Rufe gar nicht hören, ging immer weiter, sagte seinen Satz.
Die Kinder hörten zu baden auf. Und der Fotografierer beschwichtigte die Menschen, indem er ,,Ruhe! – – Ruhe!" rief. Und es waren schon viele Badegäste auf den

Beinen. Und sie wollten nun erfahren, was mit den Leoparden sei.
Als Herr Schmidt sich endlich zu den Menschen wandte, konnte man sein eigen Wort nicht mehr verstehen, da alle durcheinandersprachen. ,,Ruhe!--Ruhe!" Und dann wurde es auf einmal still, und man wartete auf Herrn Schmidt, der sehr vorsichtig auf den weißen Füßen ging.
,,Ferner", so begann Herr Schmidt, ,,gibt es noch einen Elefanten."
,,Einen Elefanten?"
Die dicke Frau, die man Fräulein Agnes nannte, stieß einen dünnbeinigen Mann zur Seite. ,,Wo hat man ihn zuletzt gesehen?"
Herr Schmidt aber blickte sie eine Weile an, betrachtete sie stumm, und man sah, daß er freundliche, sehr blaue Augen hatte. Dann sagte er: ,,Hinter dem Wald."
Man sah, wie sich die Münder öffneten. Doch blieb es still.
,,Das ist ja unverantwortlich!" sprach eine Frau.
,,Hat man die Polizei denn schon verständigt?"
Herr Schmidt zuckte die Schultern.
,,Das ist ja --, unerhört ist das!"
,,Ja, haben Sie die Leoparden denn gesehen?"
,,Ich nicht", sagte Herr Schmidt, ,,aber das Mädchen mit der Katze."
Die Köpfe drehten sich herum. Und dann sah man das Mädchen dort unter einer Erle stehen und die graue Katze streicheln.

„Ach so!“ sagte der Sportler, und er tat, als wüßte er jetzt endgültig Bescheid.
Und die Prinzessin lächelte erlöst. „Ach so, das Mädchen!“
„Nein, fragt sie nur selbst“, sagte Herr Schmidt, „sie hat sie tatsächlich gesehen.“
Es war ja solch eine Unruhe in den Menschen, und niemand dachte an ein Sonnenbad. So gingen sie nun zu dem Mädchen mit der Katze.
„Was sagst du, was soll ich erzählen, Rote Jacke?“
„Sag ihnen, ob du vier Leoparden gesehen hast.“

Das Mädchen nickte.
Aber es wollte einwenden, daß es ja nur vier große Steine wären; doch Herr Schmidt fiel ihm ins Wort und stellte schon die nächste Frage.
,,Ja, auch einen Elefanten", antwortete das Mädchen. ,,Aber in Wirklichkeit, Rote Jacke, ist es..."
,,Sehen Sie", sagte Herr Schmidt, ,,und das ist ja das Aufregende, die Tiere sind vor hundert Jahren eingeschlafen."
,,Sie sind eingeschlafen?"
,,Vor hundert Jahren?"

Die Prinzessin guckte etwas ungläubig. Die Kinder schüttelten den Kopf.
„Aber ihr kennt vielleicht schon Tante Borchert", sagte Herr Schmidt.
Die Urlauber verneinten es.
„Aber den Christof werdet ihr wohl kennen."
Wieder verneinten es die Menschen.
„Ich kenne ihn auch noch nicht", sagte Herr Schmidt.
„Aber bedenkt nur, morgen ist der Urlaub schon zu Ende, und wir haben uns die Welt noch gar nicht angesehen."
Eine Minute wußte man nicht, was jetzt die Badegäste dachten.
„Also, es ist nichts mit den Leoparden", sagte Fräulein Agnes.
Dann gingen zwei, drei Menschen zu den Luftmatratzen. Und danach wandten sich immer mehr Menschen von ihnen ab und gingen zu ihren Plätzen. So daß sie schließlich alle wieder in der Sonne lagen.

Und man hätte glauben können, daß alles so wie früher wäre.
Aber es war vielleicht ein wenig anders.
Der Fotografierer fotografierte gar nicht mehr. Und der Sportler sprang nicht auf und wippte auf den Füßen. Und als eine halbe Stunde vergangen war, sagte der Mann, der die Storchbeine hatte: „Wie hieß die dicke Kiefer noch?"

Man sagte es ihm.
Dann war es wieder still.
,,Es muß ja doch ein ungewöhnlich großer Stein sein", sagte die Prinzessin.
Nein, fünf Steine, sagte man. Vier große Steine und ein etwas größerer.
Man sah, wie sich die Unruhe erhob. Als habe sie sich nur ein halbes Stündchen ausgeruht. Nein, es war nichts mehr mit dem Sonnenbad. Man richtete sich hoch, man sprach nun wieder. Denn es beschäftigte sie mehr und mehr, daß irgendwo fünf Steine auf der Erde lagen.
Sie sahen nun hinüber zu dem Mädchen und Herrn Schmidt. Was sie wohl sprachen miteinander?
Dann sah man, wie Herr Schmidt sich einen Erlenknüppel schnitzte. Dann sah man ihnen nach, da sie die Wiese überquerten.

,,Ich habe mir das alles ja nur ausgedacht", sagte das Mädchen, ,,und es gibt in Wirklichkeit gar nicht das Siebenland. Und auch nicht den Schneider. Und auch nicht die sieben Riesen." Dann merkte das Mädchen, daß Herr Schmidt gar nicht mehr neben ihm ging, und es sah sich um.
Hinter ihnen, über die flache Wiese, sah das Mädchen, kamen viele Menschen. Der Storchbeinige und der Fotografierer und der Sportler und der Junge mit der Taucherbrille... Sie gingen hintereinanderher, und manchmal gab es eine Lücke, und dann kamen wieder welche, so als habe man sich noch rechtzeitig besonnen. Es war eine sehr lange Kette, und ganz am Ende ging das Fräulein Agnes, sah das Mädchen.
Dann kletterten sie alle über einen Zaun.
Und dann betraten sie den Wald.
,,Es sind die Hasenwege, Rote Jacke, darum sind sie nicht breit genug." Und blickte man sich um, so konnte man zwischen den Bäumen die Badegäste gehen sehen.
,,Spickt es dich gar nicht an den Füßen?"
,,Nein, es spickt nicht, Rote Jacke."
,,Mich spickt es auch nicht", erwiderte der Mann, obwohl es ihn ganz unerträglich an den Füßen spickte.
Dann kamen sie zu einer schwarzen Tanne.
Und später kamen sie zu einer Kiefer, die etwas abseits von den anderen Kiefern stand. Und die Urlauber be-

wunderten die alte, dicke Kiefer und sagten zueinander, daß sie Tante Borchert heiße.
Und sie bewunderten die Borke, die den Stamm umgab.
Und die vierzehn Arme dieser Kiefer.
Doch der Fotografierer bestand darauf, daß sie alle, wie sie nun hier standen, in die alte Kiefer klettern sollten.
Das Mädchen kletterte bis in die Spitze.
Dann kletterte Herr Schmidt.
Obwohl er glaubte, daß er gar nicht klettern könne, und dann kletterte er immer höher und setzte sich auf einen dünnen Ast.
Sie blickten hinunter, und sie konnten unter sich die Badegäste in der Kiefer klettern sehen. Nur Fräulein Agnes konnte überhaupt nicht klettern. Aber der Sportler stieg hinab und hob das Fräulein auf den vierten Ast.
Dann saßen sie ganz still und wackelten nicht mehr.
Und die Prinzessin bog den Hals ein wenig, als blicke sie nach einem Vogelnest. Der Fotografierer aber hatte sich auf den Bauch gelegt, da er von unten in die Kiefer knipsen wollte.
Und später kamen sie zu den fünf Steinen.
Es wuchsen Schafgarbe und Gras und etwas Mauerpfeffer. Vielleicht waren die Steine nicht ganz so groß, wie die Urlauber es erwartet hatten. Aber es waren doch ein paar ganz schöne Steine. Und der eine Stein war noch ein bißchen größer. Darüber wölbte sich ein hoher Himmel.
Das Mädchen hatte sich auf den Elefantenstein gesetzt, und die Katze, die es gar nicht anders kannte, ging auf

den Buckel, den der Stein besaß, dort legte sie sich nieder und schlief ein. Die Badegäste setzten sich ins Gras und in den Mauerpfeffer. Und Fräulein Agnes setzte sich auf einen Leopardenstein.

Herr Schmidt aber erzählte die Geschichten aus dem Siebenland. Vom Bürgermeister Siebentreu, der sorgfältig die Straße kehrte. Und Siebenstern, der seine Tauben nicht gefüttert hatte. Und eines Tages, so erzählte er, ja eines schönen Tages...

Am Anfang hatte sich das Mädchen einen Augenblick geschämt, denn die Geschichten waren ja doch ausgedacht. Und das Mädchen glaubte auch, daß man darüber lachen werde. Aber der Sportler, sah es, hatte seinen Kopf in eine Hand gestützt und horchte. Und es sah, wie die Prinzessin horchte. Und die Kinder waren still und aufmerksam

geworden. Der Junge mit der Taucherbrille, sah das Mädchen, rutschte noch ein Stückchen näher, so daß er es noch besser hören konnte.
,,Nein, nein, du hast vergessen, Rote Jacke", sagte das Mädchen, ,,daß ihn der Schneider erst noch in die riesenhafte Nase stach. Und als nun Schneider Siebenöhr..." Und das Mädchen erzählte die Geschichte bis zu Ende.
Es war ja doch ein großes Fest im Siebenland. Die Kinder bauten wieder Burgen auf der Straße, die Frauen hängten ihre Wäsche auf... Doch Samuel, da es schon dämmerte und sie nun heimwärts gehen mußten, auch diesmal hatte er die grüne Spinne nicht gesehen. Die neidisch war und unter dem Holunderstrauche saß. Und auch die Leoparden hatten sie nicht sitzen sehen. So aber kam es, und so

konnte es geschehen, daß sie nun alle auf den Zauberfaden traten.
„Auf den Zauberfaden?“ fragte der Junge mit der Taucherbrille.
„Ja, auf den Zauberfaden“, antwortete das Mädchen.
Und alle Tiere überkam nun eine große Müdigkeit. So daß sie kaum noch stehen konnten. Sie schwankten, und sie schleppten sich. Aber sie gingen, gingen immer weiter. Bis sie zu dieser Stelle kamen.
Da legten sie sich nieder, und sie schliefen ein.
Doch da sie viele lange Jahre schliefen, erzählte das Mädchen, so wurden sie schließlich zu Stein.
Später, als das Mädchen schon eine Weile geschwiegen hatte, fragte die Prinzessin: „Und sie schlafen nun schon hundert Jahre?“
„Hundert Jahre“, antwortete das Mädchen. Doch es könne niemand sagen, wann sie wieder auferstehen würden.
So saßen sie nun bei den Steinen, und man dachte nach.
Man konnte sehr weit über die Felder sehen, und über einen kleinen Wald, und am Horizont, sah man, waren ein paar weiße Häuser.

Später standen sie auf, aber sie wußten noch nicht recht, was sie zueinander sprechen sollten.
Und später gingen sie nach Hause. Voran der Mann, der die dünnen Beine hatte, dann der Sportler, dann der Junge mit der Taucherbrille... Ganz zum Schluß gingen

Herr Schmidt und das Mädchen, das ein rotes, weißgetupftes Kopftuch hatte.
Und hinter ihnen ging die graue Katze.

Das Mädchen mit der Katze

In den nächsten Tagen konnte man das Mädchen wieder oftmals vor dem Hause sitzen sehen, das im Halbschatten einer sehr hohen, alten Pappel stand.
Es dachte an die Badegäste, daß sie im nächsten Sommer wiederkommen würden. Und an die Schule dachte es ein wenig. Die Schule war am Rande einer großen Stadt, dort gingen lauter taube Kinder in die Schule.
Das Mädchen liebte sehr den Regen.
Aber es liebte auch den Wind, und es sah ihm gerne zu, wie er die Blätter der Bäume bewegte. Oder ein Stückchen Papier, das auf der Straße lag. Oder die Kleider der Menschen, die auf der Straße gingen. Der Wind war immer lustig, und er hatte immer etwas vor. Aber auch der Regen stimmte das Mädchen ein jedes Mal vergnügt, und es lief dann hinaus, damit es das Trommeln der Tropfen auf den Armen spüren konnte. Diesen Sommer, überlegte das Mädchen, hat es nur zweimal geregnet, einmal in einer Nacht und einmal an einem Nachmittag.
Wie es jetzt wohl der Roten Jacke gehen mag?
Manchmal aber hatte das Mädchen einen unbändigen Wunsch, mit einer Blechbüchse zu poltern. Oder es schlug sehr heftig die Türen zu, und die Luft erschütterte, und es gelangte eine Vorstellung von den Geräuschen in die gänzlich von Tönen leere Welt des Mädchens. Aber die Menschen mochten es nicht, wenn das Mädchen eine Flasche gegen die Steine warf. Oder wenn es mit dem

Stock gegen die große Wassertonne schlug. Und sie gaben zu verstehen, daß es still sein möchte; und dem Mädchen war das unverständlich.
So nahm es wieder die Katze auf den Arm, die ein grünes und ein blaues Auge hatte, und das Mädchen hörte mit den Fingern, wie die Katze schnurrte.

ISBN 3-358-00128-8

5. Auflage 1989

Lizenz-Nr. 304-270/309/89
Gesamtherstellung: Grafischer Großbetrieb Sachsendruck Plauen
LSV 7521
Für Leser von 9 Jahren an
Bestell-Nr. 631 677 2
00680